Nitro 11

Phil Haé

Nitro 11

° *chargement gratuit initial de l' insigne de police :* ©*<ahref='https://fr.123rf.com/profile_captainvector'>captainvector</a>, <a href='https://www.123rf.com/free-images/'>123RF Free Images</a>*

° *Le montage de la photo de la couverture a été effectué avec « Canva », un outil de design graphique en ligne gratuit. La photo du véhicule de police a été réglée en supplément, sur le même site, pour respecter les droits d'auteur :* *https://www.canva.com/fr_fr/*

© 2022 Phil Haé

Édition : BoD – Books on Demand,
info@bod.fr
Impression : BoD – Books on Demand, In de
Tarpen 42, Norderstedt (Allemagne)
Impression à la demande

ISBN : 978-2-3224-6084-7
Dépôt légal : Octobre 2022

Aux fans de la série Alerte Cobra$^{©}$
À tous les amateurs d'action, de poursuites, de cascades.

Chapitre I
Les débuts de l'inspecteur Paul Hea

Le 25 novembre 2010

« Non ! C'est pas vrai ! Ça recommence !
— Lâchez l'accélérateur ! Levez le pied !
— Je ne touche même pas l'accélérateur ! Mon pied n'est même pas dessus! ».

Une Mercedes fonce sur l'autoroute. Il y a un peu d'huile qui coule du véhicule. La voiture ne peut pas freiner. La pédale est bloquée et le compteur de vitesse affiche 170 km/h !

Il y a quatre personnes à bord de cette auto : à l'avant, la conductrice, Suzanne, une blonde aux cheveux longs, et un premier passager, qui s'appelle Ed, un gars nerveux, serrant une mallette, et regardant sans arrêt sa montre. À l'arrière, il y a Tom Kranich et un enfant.

Tom Kranich est policier, et il va vivre sa première intervention dans l'unité Cobra 11. Tom est en retard.

Il voulait venir en vélo au travail, mais il s'est fait renverser par la Mercedes. Du coup, Suzanne a proposé de l'emmener. D'aspect sérieux quoique décontracté, il porte une veste noire sur un pull gris.

Derrière eux, dans une voiture de police, il y a Sami Gerçan qui est déjà au sein de l'unité Cobra 11 depuis plusieurs années. Il est vêtu d'un blouson marron sur un pull blanc. Sami Gerçan poursuit l'engin, car il vient d'apprendre que le préfet ne souhaite pas que le bolide sorte de l'autoroute pour aller en ville, ce qui serait trop dangereux. Le préfet a même ordonné de mettre des tonneaux remplis d'eau pour stopper la Mercedes.

Sami décide de doubler la voiture par la droite juste avant ce barrage, puisque la vie des passagers, et surtout celle de l'enfant sont en danger. Il fonce sur les tonneaux, sans la moindre hésitation. Le choc est spectaculaire, mais ça passe sans trop de casse, même si la voiture en ressort toute cabossée.

Après son passage, il y a maintenant un petit espace pour que le bolide puisse passer sans encombre entre les rangées de tonneaux...

Paul Hea, qui est alors un adolescent de 15 ans, vient d'avoir le déclic en visionnant cet épisode « La voiture folle » de la série Alerte Cobra©.

Il veut faire comme le personnage principal de sa série préférée : il souhaite mettre sa vie au service des autres.

Paul sait que ce qu'il voit à l'écran n'est que de la fiction, mais la réalité des interventions policières peut s'en rapprocher. Le jeune homme décide donc qu'il sera policier plus tard.

À 15 ans, Paul Hea n'a pas encore fini sa croissance. Il mesure 1,60 m, il pèse 58 kg, ses cheveux sont noirs. Il porte ce jour-là un pantalon noir, lui aussi, et un tee-shirt bleu. Et dans ses yeux, quand il rêve à son futur, brillent mille étoiles.

Le 9 mai 2013

Paul est maintenant âgé de 18 ans. Il mesure 1,80 m pour 75 kg. Il a obtenu son bac, et il suit une formation avec 30 étudiants à l'école de police.

Le formateur lui enseigne les bases du métier avec la rédaction des rapports d'intervention, la mise en place des balisages lors des accidents, les manières de communiquer avec les personnes interpellées et le sens du travail en équipe.

Le professeur est lui-même un ancien chef d'unité de police, il sait se montrer pédagogue et faire preuve de patience face à des personnes qui ne connaissent pas le métier, et qui sont là pour apprendre.

Il a 45 ans, dans la force de l'âge, il mesure 1,82 m et pèse 80 kg.

Nitro 11

Il a des cheveux noirs et il est toujours vêtu d'un costume. D'allure imposante, il a cependant une voix posée.

Paul Hea est attentif et assidu aux cours, et il réussit finalement à obtenir le concours pour entrer dans la police.

Le 10 novembre 2013

Paul vient d'intégrer le commissariat de Nice.

Le matin, il se lève à 6 h 50. Il déjeune, puis il prend une douche rapide et se brosse les dents.

Il arrive au commissariat à 7 h 30 pour enfiler sa tenue de service du jour qui se compose d'un gilet pare-balles et d'un sifflet.

Après cela, on l'appelle pour sa première intervention en binôme à 8 h : il faut contrôler la vitesse des véhicules dans une nouvelle « zone 30 », à 700 mètres de l'école primaire Crénat.

Paul se rend sur les lieux avec une collègue, Sandrine Nio. Il a conscience que cette vitesse n'est pas simple à respecter, mais il ne souhaite faire aucun cadeau. Effectivement, à cette heure, les parents sont parfois pressés car les enfants traînent un peu trop au lit. Du coup, les adultes se dépêchent pour arriver à l'heure à l'école, et ensuite à leur travail. Ils ne respectent pas toujours la limitation de vitesse.

Sandrine se place sur le trottoir avec un radar jumelle et un gilet fluo de sécurité. La jeune femme a 25 ans et des cheveux bruns. Elle fait partie du commissariat depuis 6 ans.

Paul Hea reste dans le véhicule. Il laisse la vitre grande ouverte pour entendre sa coéquipière.

Sandrine Nio est satisfaite de voir que la majorité des conducteurs roulent à la vitesse autorisée ou avec seulement 2 à 3 km/h d'écart par rapport aux 30 km/h.

À 8 h 25 alors que le pic d'arrivée d'enfants a lieu, Sandrine annonce soudain à son coéquipier Paul :
— Hea, je viens de contrôler un coupé à 45 km/h.
— Je vais le rattraper avant l'école, répond Paul avec détermination.

Paul démarre immédiatement sa Citroën de fonction.

Il met les gyrophares. Le policier dépasse l'auto 150 mètres avant l'école et freine juste devant elle. Le conducteur ne peut que s'arrêter sur le bord de la route. Il ouvre sa vitre quand Paul arrive à sa hauteur :
— Bonjour, je suis le policier Hea du commissariat central de Nice. Coupez votre moteur et présentez-moi votre pièce d'identité, ainsi que les papiers du véhicule.
— Oui, oui ! réplique l'homme de 35 ans, un brin nerveux, en sortant tous les documents demandés.
— Merci, Monsieur Yur. Pourquoi est-ce que vous

rouliez aussi vite près d'une école sans faire attention?
— Je dois me rendre à un rendez-vous dans cinq minutes !
— Monsieur, vous êtes 15 km/h au-dessus de la vitesse autorisée. Vous allez recevoir une amende de 135 euros, et 1 point sera enlevé de votre permis de conduire.

Monsieur Yur repart avec sa Renault, très agacé, et Paul rentre au commissariat avec Sandrine à 9 h.

Nos deux policiers traversent les locaux.

Au rez-de-chaussée, il y a bien sûr un accueil pour que les personnes puissent déposer des plaintes. Par ailleurs, il y a une grande salle d'interrogatoire pour questionner les suspects. Il y a également une pièce spécifique au commissaire en chef et une autre, commune, pour Sandrine et Paul. Leur bureau se compose de deux ordinateurs individuels, ainsi que de plusieurs piles de dossiers.

À l'étage, on trouve une cellule de dégrisement pour les personnes qui ont un taux d'alcool élevé, et une cellule de garde à vue où les suspects sont maintenus après les interrogatoires quand cela s'avère nécessaire.

À 9 h 10, Delphine Pol, qui est la commissaire en chef du poste, demande aux deux équipiers de la rejoindre dans son bureau.

Elle a 55 ans, les cheveux gris, mesure 1,65 m pour 67 kg. D'un aspect sévère, elle est vêtue d'un tailleur strict.

Dès leur entrée, la commissaire, s'adresse à Sandrine :
— Comment s'est passée votre première intervention ?
— Très bien, dit Sandrine. Paul Hea a dû poursuivre un véhicule qui avait dépassé la vitesse autorisée de 15 km/h, et il a pu l'arrêter avant que l'engin arrive à l'école.
— Merci de votre rapidité et de votre réactivité, Paul et Sandrine. Puisque vous avez fait du bon travail, je vais vous confier la charge de faire des dépistages d'alcool, demain soir, à 23 h, sur la rue de Belgique, qui est juste à côté de la discothèque « Le Feeling ».

À 23 h le lendemain, Paul et Sandrine sont postés dans la rue. Ils installent des cônes de Lübeck, et sont dotés de moyens lumineux individuels.

À 23 h 10, ils aperçoivent une berline blanche au comportement suspect.

Paul se tourne rapidement vers Sandrine. Il s'exclame :
— Regarde l'attitude de cette voiture ! Elle zigzague et vient de percuter à cet instant, le rebord du trottoir !
— Oui , il faut que l'on vérifie si cette personne est en état de conduire, confirme Sandrine.

Paul lève les bras pour faire signe au conducteur de se garer aussitôt sur le côté. Il s'approche de la berline :
— Police ! Contrôle d'alcoolémie. Veuillez couper le moteur. Dites-moi à quelle heure vous avez bu ce soir ?
— Je n'ai pas bu. J'ai juste pris une clope vers 22h.
— D'accord. Il est 23 h 15. Vous me déclarez donc ne rien avoir consommé d'autre depuis plus d'une heure.

Je vais donc vous demander de souffler dans cet éthylotest pour vérifier légalement vos affirmations.
— Il est tard, aussi bien pour vous que pour moi.
— En tant que policier, j'ai pour devoir d'assurer la sécurité de toutes les personnes, quelle que soit l'heure.
— Allez, je vous donne 100 euros, et on n'en parle plus !
— Mais Monsieur ! Pour qui me prenez-vous ? Vous aggravez votre situation en agissant de la sorte.
— Mais non ! Vous voyez bien que je suis en état de conduire. Depuis que j'ai eu le permis à 18 ans, je n'ai jamais eu d'accidents en voiture, ni perdu de points.
— Avec ma collègue Nio, nous vous avons vu vous rapprocher trop près du trottoir. Vous n'avez rien à perdre à souffler dans l'appareil. Si vous êtes négatif, alors vous pourrez rentrer chez vous.

L'homme blond de 40 ans s'exécute.

Pendant ce temps-là, Sandrine assure la circulation des autres engins. Les automobilistes ont tous alors une conduite respectueuse. La peur de se prendre une amende par les policiers, peut-être...

— L'éthylotest s'avère positif, annonce Paul. Acceptez-vous de souffler dans l'éthylomètre ?
— Oui, je n'ai pas trop le choix, de toute façon.

L'homme suit les indications de Paul qui lui annonce :
— Vous êtes à 0,79 g/l. Le dépassement du taux légal est confirmé. Vous recevrez une amende de 135 euros, et 6 points seront enlevés de votre permis de conduire.

Avec ce taux élevé, vous ne pouvez plus conduire ce soir. Je vais devoir vous placer pour la nuit en cellule de dégrisement.

L'homme maugrée dans sa barbe, puis lève les bras au ciel sans dire un mot.

Le 14 février 2014

C'est le premier jour du carnaval de Nice. Pour la plupart des personnes, c'est le début de deux semaines de festivités.

Pour la police cependant, c'est une période pendant laquelle il faut avoir une vigilance extrême, car des incidents sont toujours possibles.

Paul Hea a maintenant fait quarante interpellations. Il a acquis plus d'expérience.

Ce matin-là, la commissaire Delphine Pol l'appelle :
— Bonjour, Hea. Avec votre coéquipière Nio, vous allez surveiller les comportements étranges pour ce jour d'ouverture du carnaval. Je vous demande d'être à l'affût pour que l'événement se passe bien.

Paul et Sandrine sont à la cérémonie d'ouverture. Les chars défilent lentement, les uns après les autres.

Nitro 11

Tout à l'air normal jusqu'à ce que Paul remarque une anomalie. Il se tourne vers sa collègue Sandrine Nio :
— Regarde ce char. Une personne est montée dessus avec un masque de clown ! Elle se précipite vers le gars qui jette des fleurs au public et pointe un cutter sur les yeux de celui-ci !

Paul et Sandrine utilisent leurs sifflets.

La foule a vu l'acte. Des hurlements de peur fusent. Il y a un grand regroupement d'individus devant le char qui ralentit. L'agresseur, se sentant pris au piège, en profite pour s'immiscer entre eux et s'enfuir.

La policière crie, puis elle va voir le conducteur du char :
— Arrêtez votre char à la prochaine rue.

Le char se gare. Sandrine Nio monte aussitôt à bord et elle demande au festivalier qui vient d'être attaqué :
— Police ! Monsieur, est-ce que vous êtes blessé ?
— Non. Mon agresseur n'a pas eu le temps d'agir.
— Avez-vous reconnu la personne qui a voulu s'en prendre personnellement à vous lors de cette parade ?
— Je ne suis pas sûr, peut-être que c'était Brice Kio. Il souhaitait vraiment pouvoir participer à cette belle cérémonie d'ouverture. Voici ce qu'il m'a dit : « Tant mieux pour toi si tu as été choisi pour le carnaval, mais moi j'ai passé six semaines à préparer mon projet de char. Je veux participer à ce célèbre carnaval quelle que soit la manière que j'emploierai pour y parvenir. »

— Ça peut être un mobile, effectivement. Est-ce que vous pouvez nous décrire et nous donner l'adresse de Monsieur Brice Kio ? demande à son tour Paul Hea.
— Alors, c'est un homme moustachu de 50 ans. Il a les cheveux châtains, il est imposant car il est sportif. Il habite au 9, chemin des Plantes.

À 20 h, Delphine Pol demande à Paul et Sandrine de lui faire un retour sur la longue journée. Paul donne les informations à sa supérieure, qui avertit le procureur de Nice.

Le 15 février 2014

À 11 h 20, la commissaire contacte Paul et Sandrine :
— Il y a un mandat de perquisition. Allez sur place !

Paul et Sandrine se déplacent à l'adresse indiquée.

Paul tape à la porte d'entrée, en disant :
— Police ! Nous avons un mandat de perquisition. Ouvrez la porte !

Nos deux policiers entendent une autre porte claquer. Paul se tourne vers Sandrine :
— Il doit être sorti par l'arrière. Passons par ici !

Paul voit de loin Brice Kio. Il s'agace :
— Monsieur Kio, nous voulons vous interroger.

Nitro 11

Le suspect se met à courir. Paul et Sandrine se lancent à sa poursuite. L'individu emprunte un sentier qui se sépare en deux.

Paul dit à Sandrine Nio, en lui montrant le chemin :
— Moi je vais vers le nord, et toi tu vas vers le sud, nous couvrirons comme ça un territoire bien plus large.
— OK ! répond Sandrine.

Pour tenter de semer les deux jeunes policiers niçois très tenaces, Brice Kio court de droite à gauche. Il saute par-dessus un petit rocher, enjambe aussitôt une grosse racine d'arbre. Enfin, il traverse un ruisseau et aperçoit un mur où se cacher. Il se retourne alors, très essoufflé. Personne derrière lui. Il se place donc derrière le mur, mais Paul Hea apparaît juste devant lui.

Brice Kio est étonné par cette manœuvre du policier :
— J'ai regardé derrière moi et je n'ai vu personne qui me suivait. Je ne comprends pas. Comment avez-vous fait pour vous retrouver tout d'un coup devant moi ?
— C'est simple, Monsieur Kio ! Pendant que vous perdiez du temps à zigzaguer, je suis allé en ligne droite sur la partie nord du sentier . Maintenant, dites-moi pourquoi vous avez pris la fuite lorsqu'on a frappé à votre porte, en vous signalant qu'on avait un mandat.
— C'est moi qui ai mis le masque de clown et qui ai menacé le gars du char. J'avais envie de participer au moins à un jour du carnaval. Avec ce cutter, je pensais pouvoir le persuader de me laisser sa place, mais je n'en ai pas eu le temps.

Sandrine rejoint Paul et Brice Kio.

Le duo emmène Brice au commissariat. Il est placé en cellule de garde à vue jusqu'à sa comparution devant le juge.

Delphine reçoit les agents Paul Hea et Sandrine Nio :
— Vous faites du très bon travail. Si vous le souhaitez, je vous invite à demander sans tarder votre intégration dans le groupe de CRS de notre ville, avec mon appui. Ensuite, vous aurez une formation spécifique à ce sujet. De plus, j' interviendrai également pour que vous ayez une dérogation pour participer à des missions en collaboration avec mon service. Vous pourrez ainsi travailler encore à mes côtés quand j'aurai besoin d'appui pour certaines enquêtes. Qu'en pensez-vous ?
— Nous sommes d'accord ! répondent les agents.

Les deux policiers se félicitent de continuer en binôme, car leur entente est totale.

Ils participent avec beaucoup d'enthousiasme à cette formation complémentaire, ce qui va leur permettre d'intégrer leur toute nouvelle affectation rapidement.

Le 31 Juillet 2014, ils rejoignent le groupe de CRS. Ils continuent cependant à collaborer de temps en temps avec la commissaire Delphine Pol.

Lors de leur intégration au sein des CRS, Paul et Sandrine apprennent qu'ils rejoignent la fameuse unité Nitro 11 !

Nitro 11

Delphine leur indique que cette unité se compose de huit agents mixtes qui sont dans quatre équipes. Chaque équipe a des autorisations pour être mobilisée par le commissaire qui en fait la demande.

Nitro 11

Note sur le chapitre I

C'est un chapitre introductif. Le personnage principal, Paul Hea, a des missions de plus en plus importantes au fur et à mesure du chapitre.

Effectivement, il passe d'une simple verbalisation pour excès de vitesse de 15 km/h à l'arrestation d'un homme qui a attaqué un char.

Le prochain chapitre va permettre à Paul Hea de représenter son unité Nitro 11 à Paris.

****

Le saviez-vous ?

Le comté de Nice est devenu Français en 1860. Aujourd'hui, il fait partie du département des Alpes-maritimes.

La ville est découpée en 6 territoires qui ont les noms suivants, depuis la délibération du Conseil municipal du 25 mars 2021 : Cœur de Nice, Rives du Paillon, Nice Historique, Nice Ouest, Collines Niçoises et Hauts de Nice.

Le carnaval de Nice est le plus grand carnaval de France. Il se déroule au mois de février pendant deux semaines. La première mention retrouvée de la festivité remonte à 1294.

Nitro 11

Chapitre II

Intervention à Paris .

Le 06 septembre 2014

Dans le grand bureau ovale des CRS de Nice, la commandante Julie Ulo reçoit un appel prioritaire :

— Bonjour, Madame Ulo. Je suis Thierry Jul, le chef d'état-major des CRS à Paris. Nous avons la directive de mobiliser des CRS de toute la France pour couvrir la manifestation du 12 septembre, qui porte sur les retraites et les pensions. Nous réquisitionnons une équipe de deux CRS par ville. Qui me conseillez-vous ?

— Monsieur Jul, vous pouvez mobiliser Phil Hea et Sandrine Nio de l'unité Nitro 11. C'est un duo efficace.

— Ont-ils déjà eu l'occasion d'être envoyés en mission de soutien à Paris ou dans une autre grande ville ?

— Pas encore, Monsieur Jul, mais je pense qu'ils s'habitueront au changement, et puis ils viennent juste pour encadrer une manifestation pas pour une mutation.

— Justement Madame, nous avons besoin d'une équipe totalement opérationnelle tout de suite sur le terrain.

— Ce sont des CRS de très haut rang. Ils feront face

aux conditions de votre ville, et je peux les libérer dès le 11 septembre pour qu'ils soient dès la veille chez vous.

— C'est noté, Madame. Comme vous me recommandez avec détermination ces deux partenaires efficients de l'équipe Nitro 11, ils seront mobilisés pour Paris.

Julie Ulo informe par la suite Phil Hea et Sandrine Nio de la décision de Thierry Jul.
L'unité Nitro 11 est ravie de représenter la ville de Nice lors de la manifestation.

Le 11 septembre 2014

Phil Hea et Sandrine Nio partent depuis l'aéroport de Nice à 9 h 20. Ils arrivent à l'aéroport de Paris Charles-de-Gaulle à 10 h 55.

Les CRS rejoignent ensuite la place de la Bastille où d'autres collègues d'unité de toute la France sont déjà là. Il s'agit de préparer l'intervention du lendemain. Thierry Jul s'avance et accueille en personne le duo:
— Bienvenue à Paris. Je suis Thierry Jul, chef d'état-major des CRS. Et vous, présentez-vous, je vous prie.
— Sandrine Nio et Phil Hea de l'unité Nitro 11 de Nice!

Thierry Jul s'adresse ensuite à l'ensemble des CRS :
— On va pouvoir maintenant répartir les tâches : vous serez tous dans de petits groupes composés pour moitié

de CRS parisiens et pour moitié de CRS de province. La mobilité de toutes les équipes sera ainsi simplifiée tout au long du parcours. Le groupe Alpha de Paris ainsi que les unités Cannes 10 et Castres 12, vous devrez vous placer en avant de la tête du cortège. L'unité Nitro 11, l'unité Lille 9 et l'unité Seine au milieu. L'unité Clermont 5, l'unité Lyon 6 et l'unité Élysée seront derrière la queue de la manifestation. Toutes les autres unités, vous vous placerez sur la gauche et sur la droite du parcours qui ira de la place de la Bastille à la place de la République. C'est un long parcours de 1,8 km à risque et à tension qui nécessite une extrême prudence à toute épreuve. Le départ est prévu pour 14 h. Je vous demande d'être ici dès 13 h.

Le lendemain, les CRS sont là, à l'heure indiquée. Le temps est couvert. Aussitôt, Paul Hea, Sandrine Nio et leur groupe contrôlent déjà les premiers sacs des manifestants du milieu du cortège . Tout à l'air en ordre et finalement, la marche débute à 14 h 20 avec un peu de retard.

Les CRS sont contraints de jeter un coup d'œil de temps en temps derrière eux, afin de surveiller ce qui se déroule. Certains des grévistes brandissent des banderoles avec agitation afin de montrer leur grand mécontentement.
Le cortège tourne lentement à droite sur le boulevard Beaumarchais, puis ensuite à nouveau sur le boulevard Richard-Lenoir.

Nitro 11

Paul Hea se retourne et visualise un individu qui sort une bombe lacrymogène cachée dans sa poche. Ce dernier appuie sur le bouton pour la déclencher et asperge d'autres individus.

Paul Hea utilise son sifflet pour prévenir ses collègues. Le perturbateur bouscule la foule, fait tomber un manifestant, se presse ensuite d'aller à gauche sur la rue Amelot, en étant suivi par Paul, Sandrine et l'unité Seine. Pendant ce temps-là, le reste du groupe continue de suivre la manifestation.

Le fuyard voit une bouche d'égout qui est ouverte et décide de l'emprunter immédiatement. Le ciel se met à gronder violemment. La pluie commence à tomber.

Paul s'exclame:
— Police ! Rendez-vous ! C'est bien trop dangereux pour vous d'être descendu ici avec cet orage que nous venons tous d'entendre.

Le voyou avance toujours dans l'égout. L'eau qui est déjà présente arrive au niveau de sa cheville, mais cela ne le freine pas pour poursuivre sa fuite.

Cinq minutes après, l'orage s'intensifie avec une grosse rafale de vent et une immense averse de pluie. Cependant, l'homme avance sans problème, suivi de près par Nitro 11, alors que le reste du groupe est distancé.

Paul et Sandrine vont-ils s'en sortir ?

Ils croient se perdre, mais ils voient alors que le nom des rues est placardé sur les murs des égouts.

Dix minutes après, un violent tonnerre fait sursauter le fuyard qui se cogne contre une paroi avec la tête et finit par glisser.

Les deux CRS arrivent à sa hauteur et l'attrapent avec les mains. Puis, ils vérifient qu'il est conscient pendant que leurs collègues les rejoignent.

Tout le groupe réuni sort enfin de la bouche d'égout par l'échelle de sortie. Ils s'assurent tous que l'individu peut s'exprimer et c'est bien le cas. Un ambulancier le prend alors en charge accompagné par des policiers.

Les unités Nitro 11, Lille 9 et Seine retournent vite à leur place dans la manifestation qui se termine sans encombre.

Tout à coup, une alarme sonne avec puissance dans un immeuble de trois étages qui est juste à proximité. Thierry Jul reçoit une alerte anonyme sur son téléphone signalant la présence éventuelle d'une bombe placée à l'intérieur.
Il ordonne par talkie-walkie que quatre personnes du groupe le plus proche aillent sur place le temps que les secours arrivent.

L'unité Nitro 11 et deux CRS de l'unité Seine pénètrent tous à l'intérieur. Paul Hea et Sandrine Nio prennent les escaliers pendant que leurs collègues parisiens évacuent le rez-de-chaussée.

Nitro 11

Au premier étage, une dame parle aux deux niçois avec beaucoup d'angoisse et des sanglots dans la voix :

— Il y a une dame en fauteuil roulant sur le palier du second étage ! Elle risque d'y laisser sa vie car notre ascenseur est tombé en panne depuis plus de deux jours.
— Merci, Madame, nous nous en occupons.

Paul et Sandrine continuent de monter rapidement les marches.
Soudain, sur le palier du second, une personne affolée vient de percuter brusquement la dame handicapée. Le fauteuil se déporte violemment sur le côté droit où un autre individu le reçoit dans le foie.
C'est la catastrophe pour la dame du fauteuil, car celui-ci pivote alors à 360° sur ses roues et descend les marches à l'envers.

Paul et Sandrine courent pour attraper chacun un bras du fauteuil. Ils réussissent à stopper l'engin sans tomber. Une unité de renfort s'occupe aussitôt de la dame pour la descendre sans encombre.

Nitro 11 a repris sa montée et arrive au dernier étage. Sur le palier, tout est en ordre à première vue, mais il y a une petite porte fermée sans numéro d'appartement.

Paul utilise son talkie-walkie :
— CRS Hea, nous sommes arrivés au troisième étage.
Il y a une porte close !
— Forcez-moi cette porte !

Nitro 11

Paul et Sandrine se ruent sur la porte qui cède. Le tandem de Nitro 11 remarque tout de suite des affiches « À bas le gouvernement ! Il faut tout péter ! ».

Ils avancent dans la pièce et remarquent une poubelle, placée sous le détecteur de fumée, où il y a un petit feu qui vient de s'éteindre. Plus loin, ils voient une bombe. Cette dernière a deux fils, noir et rouge. Par ailleurs, une minuterie indique qu'il reste trois minutes.

Sandrine appelle Thierry Jul :
— L'alerte est confirmée. J'ai mon smartphone sur moi. Je vous envoie les images de la bombe. Quelqu'un s'y connaît-il en explosifs ? Il reste très peu de temps !
— Allez-y. J'ai appelé un démineur, il est à côté de moi.

Le démineur regarde la photo, prend le talkie-walkie et leur dit :
— C'est une bombe simple. Vous n'avez qu'à sectionner le fil rouge.

Paul sort son couteau et coupe illico le fil. Le minuteur s'arrête. Le démineur les rejoint rapidement et constate que tout est OK. Tous sortent de l'immeuble.

Thierry Jul, très satisfait du travail du duo, le reçoit :
— Formidable ! Maintenant, vous pouvez retourner à Nice, Paul et Sandrine ! Vous avez vu qu'il y a toujours quelque chose à faire à Paris. Ce sera un honneur de vous accueillir si vous choisissez un jour de demander une mutation chez nous !

Nitro 11

Paul Hea et Sandrine Nio reviennent enfin à Nice, le lendemain.

Le groupe Nitro 11, au complet, les reçoit avec fierté et enthousiasme.

La commissaire, Delphine Pol, est présente, elle aussi, pour les féliciter.

Elle en profite pour leur annoncer que le commissariat est sur la brèche au sujet de très nombreuses plaintes concernant un trafic de drogue. Elle va demander à ce qu'ils soient dépêchés à son service.

Note sur le chapitre II

Les nombreuses scènes d'action rythment ce chapitre de transition. Paul Hea se trouve en effet embarqué dans des missions parisiennes mouvementées.

Rapidement, il passe d'une manifestation à une alerte à la bombe !

Le prochain chapitre va permettre à Paul Hea et son unité Nitro 11 d'avoir une affaire complexe à Nice.

****

Le saviez-vous ?

De 1853 à 1870, sous le second empire, Napoléon III et le baron Haussmann modernisent Paris (grandes avenues, aménagements de parcs et jardins...).

En 1854, Eugène Belgrand a entrepris le chantier d'assainissement qui est la base de l'organisation actuelle des égouts.

Les égouts protègent la ville des inondations grâce à des déversoirs d'orage qui sont des galeries qui rejettent le trop-plein d'eau à la Seine. Ils sont accessibles à pied, abritent de nombreuses canalisations, et il y a une plaque de rue à chaque angle de galerie pour se repérer.

Nitro 11

Chapitre III

L'affaire des bijoux.

Le 05 octobre 2014

Nous sommes dans une maison de la rue du Congrès. Tout est éteint, non attendez ... Il y a une pièce, où une lampe de bureau est allumée. Une personne que l'on ne voit pas est derrière la lampe et s'énerve. On entend : « Fichues dettes ! Comment je vais faire pour payer ça, moi ? J'ai le Caïd du boulevard Saint-Roch sur le dos ! Je n'aurais jamais dû jouer des heures au casino sans compter. Je l'ai contacté pour rembourser les 500 000 euros du casino. J'ai accepté de vendre de la drogue pour lui à la sortie de la station d'essence d'à côté… mais ça ne rapporte pas suffisamment ! Il commence vraiment à s'impatienter. En un mois, je n'ai pu lui ramener que mille euros. Il menace de s'en prendre à ma famille ! Je dois prendre une décision... Je vais devoir trouver cet argent par moi-même ! ».

Il est 23 h. L'individu enfile une cagoule noire, des gants et des sur-chaussures. Il sort et descend à pied la rue pour rejoindre la célèbre promenade des Anglais.

Il remarque une luxueuse Porsche et il brise la vitre avec un pistolet.

Il réussit avec aisance à faire démarrer le véhicule et fonce à 70 km/h. Il tourne à droite d'un coup sec sur la rue du Dr Levesi, puis se dirige rapidement à gauche sur l'avenue de la Californie. Il s'arrête enfin devant la bijouterie « De sable et d'or ».

Il dégaine son pistolet pour casser la large vitrine de la bijouterie. L'alarme sonne. Un peu plus loin dans une salle de visionnage de la boutique, un vigile de nuit appelle le commissariat.

Il annonce à Paul qui a décroché le combiné du poste:
— Tentative de cambriolage en cours à la bijouterie « De sable et d'or » . Le cambrioleur porte une cagoule.
— Ne bougez pas Monsieur. Nous venons de suite !

Paul et Sandrine font démarrer leur nouvelle voiture de fonction. C'est une Peugeot.

Pendant ce temps-là, le malfrat à la cagoule prend les diamants qui sont placés devant lui, et les met dans une petite sacoche qu'il porte fermement à la main droite. Les bruits assourdissants des gyrophares de la police niçoise qui se rapproche parviennent au voleur, de plus en plus forts.

Il sort de la bijouterie avec le butin.

Paul et Sandrine l'aperçoivent en train de s'enfuir. Ils sont à 400 mètres de lui.

En roulant, Paul contacte le commissariat par radio :
— Unité Nitro 11. Nous poursuivons le suspect. Nous vous demandons d'appeler des renforts immédiatement.
— Nous vous envoyons un véhicule d'appui, Nitro 11.

Le cambrioleur s'engouffre dans la Porsche. Il met en marche le bolide. Paul et Sandrine sont à 300 mètres derrière lui.

Le fugitif bifurque à gauche pour aller sur l'**a**venue du Dr Roux, puis à droite sur la promenade des Anglais. Il grille un feu rouge, puis emprunte la bretelle M6202 et se dirige vers l'autoroute A8.

À cette heure, il n'y a pas de bouchon sur la route.

Paul s'impatiente derrière :
— Sandrine, ouvre la vitre et tire sur le pneu arrière !
— OK ! répond Sandrine qui loupe la cible de très peu.
Le fuyard est maintenant à 100 km/h.

Le fugitif, qui est dans la voie de droite, voit un camion avec une remorque à 500 mètres, juste devant lui. Sur la voie du milieu, il voit aussi une voiture qui s'apprête à dépasser le camion, et encore devant cette voiture, une grande caravane qui tarde à se rabattre. Il réfléchit alors très vite : « Si je réussis à doubler le camion avant la voiture, puis à me rabattre avant la caravane, les flics ne pourront pas me suivre, car ils seront coincés entre ces deux véhicules. »

Le voleur met son plan à exécution. Il accélère.

Dans la file du milieu, le conducteur de la voiture voit arriver le fugitif dans son rétroviseur. Il est obligé de freiner violemment.

Le cambrioleur la dépasse, se met devant elle, et réussit à se rabattre comme prévu pour éviter la caravane, en faisant un tête-à-queue juste devant le camion tractant la remorque.

Paul s'exclame :
— Il est fou, ce type !

Paul, qui a rattrapé le retard, est juste derrière le malfrat. Il a dû faire comme lui, et se rabattre lui aussi encore plus près devant ce même camion, dans une folle manœuvre pour éviter que sa voiture ne percute la glissière de sécurité.

Malheureusement, le conducteur du camion à remorque a été surpris et a freiné très brusquement. Sa remorque, beaucoup trop lourde, percute la rambarde et se détache, pour finir sa course en plein milieu de la route.

Derrière, une voiture de renfort arrive.

Ils roulent maintenant sur l'autoroute A8, aussi appelée « La Provençale ». La voiture du fuyard est à 160 km/h.

Six minutes après, l'individu aperçoit un poids-lourd qui transporte des résidus de goudron, et qui roule lentement 200 mètres devant lui.

La voie de gauche étant très encombrée, le conducteur de la Porsche se déporte sur la bande d'arrêt d'urgence.

Nitro 11

Mais, il n'a pas vu qu'une Audi y était stoppée 600 mètres plus loin !

Il accélère donc jusqu'à 180 km/h, puis se rabat devant le camion, tout en restant proche de la voie de secours. Le bandit voit la portière de l'Audi s'ouvrir devant lui.

Paul est stupéfait :
— Que compte-t-il faire encore ce dingue ?

La Porsche percute la portière de l'Audi, qui s'envole et transperce le réservoir de la remorque du poids-lourd, situé tout près des roues arrières. Comme l'imposante remorque transporte des déchets très inflammables, elle commence à prendre feu !

Le cambrioleur prend le large.

Paul Hea ralentit et se met à la hauteur de la cabine du camion par la gauche en klaxonnant vivement. Le chauffeur routier et Sandrine Nio ouvrent leurs vitres.

Sandrine voit rouge:
— Police ! Votre camion a pris feu ! Arrêtez-vous tout de suite sur la bande d'arrêt d'urgence !

Le conducteur s'exécute. À son tour, Paul s'arrête lui aussi et fonce vers le camion.

Le conducteur ne parvient pas à détacher seul sa ceinture de sécurité. Paul est donc contraint d'ouvrir la portière de la cabine. Sandrine, elle, court mettre plusieurs cônes de Lübeck 50 mètres devant le camion pour sécuriser la zone.

Paul Hea rassure d'une voix calme le conducteur:
— Écoutez-moi ! Je vais vous sortir de là. J'ai toujours un couteau sur moi. Je vais couper votre ceinture.

Le temps presse, le feu s'intensifie sur l'arrière.

Paul prend le couteau pour détacher le conducteur. Cela prend du temps, mais il y arrive enfin.

Ils sortent en courant pour se mettre à l'abri. Sandrine les rejoint. Paul appelle les pompiers.

Le camion finit par prendre feu complètement, mais tout le monde est indemne.

Paul se tourne avec détermination vers le conducteur :
— Je vous garantis que j'arrêterai ce cinglé et que je le mettrai derrière les barreaux !

Les pompiers arrivent. Après quinze minutes de lutte, ils éteignent définitivement le feu et la circulation de l'autoroute reprend à nouveau, suite au remorquage du camion.

Paul et Sandrine rentrent au commissariat. Ils rédigent leur rapport qu'ils vont transmettre à leur supérieure. Delphine Pol, préoccupée, s'agite dans son bureau avec les sourcils froncés. Puis elle se calme et finit enfin par dire :
— Il est tard. La journée a été longue. Vous pouvez rentrer chez vous. Nous irons demain matin à la première heure à la bijouterie faire les investigations !

Nitro 11

— Bonsoir, Madame la commissaire, répondent les agents. Nous avons hâte d'intervenir !

Le 6 octobre 2014

À 8 h, le trio se rend à la bijouterie, avec un policier de la scientifique.

La porte d'entrée à peine franchie, Delphine ordonne au technicien spécialiste de relever tout ce qu'il peut dans la boutique.

Au bout de vingt longues minutes d'investigations dans le commerce, le policier annonce, d'un air déçu :
— Je suis désolé, Madame, mais je n'ai trouvé aucune trace exploitable.

Après avoir chercher partout, Paul voit enfin la caméra de surveillance bien cachée, dans un recoin du mur :
— Je sais comment nous allons avancer ! Le vigile qui nous a appelé cette nuit a les images enregistrées.

La propriétaire de la bijouterie arrive avec le visage en larmes :
— C'est pas possible ! Ma boutique ! Qui a pu oser me faire ça à moi ?

Pau Hea essaie de la réconforter et lui demande calmement qui était le vigile de garde lors de cette nuit.

— C'est Monsieur Claude Dul, de la société de sécurité « Protect ».

— Donnez-nous ses coordonnées, s'il vous plaît.

— L'agence est située au 5, avenue des Tulipes. Je vous imprime la liste des employés avec leurs photos ainsi que leurs adresses personnelles.

Paul, Sandrine et Delphine vont ensemble à l'agence de surveillance.

Monsieur Dul tape sur la table avec ses poings :
— Enfin c'est la police ! Vous venez sûrement pour visionner les images d'hier soir. Jamais je n'aurais pensé qu'une personne pourrait braquer la bijouterie !
— Grâce à votre caméra, on trouvera peut-être des indices, indique la commissaire.

Monsieur Dul remonte l'enregistrement de la veille.
— C'est fou ! affirme Paul, il n'y a rien à première vue sur ces images qui nous permette d'avoir la moindre idée pour identifier le voleur. Remettez-nous donc encore une fois de plus l'enregistrement, il y a peut-être, malgré tout, quelque chose à en tirer, en cherchant bien.
— Oui, très bien, je rembobine le film au début.
— Mettez sur « pause » maintenant ! s'exclame Paul. J'ai vu quelque chose. Regardez bien sa cagoule, il y a une petite mèche rousse qui dépasse légèrement sur l'avant. Par ailleurs, le suspect est assez grand et il mesure environ 1m 80, de plus il semble un peu enrobé.

Paul feuillette la liste des employés. Il s'arrête soudain sur la photo d'une employée.

— Cette femme, Charlotte Rio, est bien rousse, dit-il.

— Oui, et de plus cette dame est grande et correspond à la corpulence, répond le vigile.

La commissaire rejoint la propriétaire de la bijouterie :

— Avez-vous eu déjà des problèmes avec un de vos employés ?

— J'ai eu un léger souci, répond la gérante, très gênée. Effectivement, il y a bien Charlotte Rio qui avait pris sept cents euros dans la caisse du magasin. Mais elle m'avait dit que ce n'était qu'un emprunt, car selon elle, il n'y avait pas d'autres solutions. Comme Charlotte Rio a des relations privilégiées avec les clients qui apprécient ses compétences, j'ai décidé de ne pas la congédier.

— Ce n'est pas une petite somme, sept cents euros ! Il faudra que vous passiez nous voir pour qu'on prenne votre déposition.

Paul Hea et Sandrine Nio interceptent Charlotte Rio:

— Madame Rio, vous devez nous accompagner au commissariat.

— C'est totalement hors de question ! J'ai des droits.

— Nous avons un témoignage qui est à charge contre vous. Vous n'avez pas le choix !

Au commissariat, Paul, Sandrine et Charlotte sont tous les trois réunis dans la salle d'interrogatoire.

La commissaire qui les rejoint pose une première question :
— Madame Rio, souhaitez-vous avoir un avocat ?
— Non, ce n'est pas nécessaire, répond Charlotte.
— J'en prends note. Sandrine et Paul, je vous laisse la main.

Sandrine prend le relais de Delphine, et elle enchaîne :
— Madame Rio, que faisiez-vous hier soir à 23 h ?
— J'étais à mon domicile en train de regarder un film.
— Avez-vous quelqu'un pour confirmer votre alibi ?
— Non, j'étais seule. Mais pourquoi ces questions ?

Paul se lève de sa chaise, énervé, et il expose les faits :
— Ne faites pas l'ignorante ! Un cambriolage a eu lieu dans la boutique « De sang et d'or » où vous travaillez. Le suspect a tout à fait la même apparence que vous.
— C'est fort possible, répond l'employée, mais je n'ai aucune raison d'attaquer la bijouterie dans laquelle je travaille depuis si longtemps !
— La propriétaire vous accuse d'avoir volé sept cents euros.
— Oui, j'avoue pour les sept cents euros. Mais c'était juste un emprunt que je comptais rembourser, ce n'est pas la même chose que de braquer la bijouterie !

Finalement, Delphine Pol intervient d'une voix ferme :
— Madame, vous avez déjà nui à votre employeur ! Vous êtes quand même notre suspecte pour le cambriolage de la bijouterie. Vous êtes donc placée en garde à vue à partir de ce jour ! Vous allez rester ici

jusqu'à votre comparution devant le juge. Vous pouvez contacter un avocat.

Charlotte Rio est alors emmenée en cellule. Elle pleure et proteste de son innocence.

À la suite de l'examen du dossier, le magistrat demande à la police de relâcher la dénommée Charlotte Rio, faute de preuves suffisantes.

Pendant ce temps, au commissariat, on auditionne, sans relâche, toutes les personnes qui ont été suspectées ou condamnées récemment pour vol à Nice.

De son côté, le cambrioleur porte son butin au Caïd. Ce dernier rit :
— C'est quoi , cette plaisanterie ? C'est avec deux ou trois minuscules pierres que tu comptes me rembourser les 499 000 euros manquants ?
— J'ai dû me dépêcher. La police me poursuivait.
— Tu te moques de moi, ton sac, ça ne vaut pas plus de 30 000 euros ! Puisque c'est comme ça, je t'augmente la dette. Tu dois donc me rembourser maintenant encore 500 000 euros ! Fiche le camp d'ici ! Et rembourse-moi très vite, sinon...

Le voleur part, mais il pense avoir entendu une chaise bouger, et comme un son plaintif… Est-ce que le Caïd détiendrait quelqu'un ? Il fait comme s'il n'avait pas entendu le bruit et quitte le domicile du Caïd, tout en se posant mille questions.

Nitro 11

Le 14 novembre 2014

Paul est en jour de repos. C'est l'occasion pour lui d'aller dans le grand parc du château de Nice pour se promener et contempler la nature. Il rentre ensuite chez lui.

Ses parents lui rendent visite peu après. Ce sont deux êtres assez dissemblables.

Sa mère, Béatrice, a 42 ans. Son père, Marc, en a 50.

Lui, s'habille toujours de bleu, et elle, de rouge.

La maman s'est fait tatouer, tandis que le papa a cela en horreur.

Il apprécie les films policiers, au contraire d'elle qui préfère les films fantastiques.

Sa mère fait un footing chaque jour alors que son père aime faire une petite sieste. C'est une habitude qu'ils avaient prise lors de leur séparation, quand lui était allé vivre à la montagne, et elle à la mer.

Ils s'étaient cependant remis ensemble depuis un mois, après la disparition soudaine d'Henri, le frère de Paul.

C'est pour discuter de cela avec eux que Paul leur avait demandé de venir.

Sa mère entame la conversation :

— Paul, tu sais qu'avec ton père, nous ne trouvons plus le sommeil. Tu t'imagines, si sa disparition était liée à notre séparation ?

— Toutes les pistes sont possibles, mais ce n'est pas mon opinion. Vous vous souvenez qu'il devait aller à Marseille à ce moment-là pour un rendez-vous ?

— Oui, avec un certain Martin Durand comme client, répond le père. Il devait le voir pour conclure avec lui un accord de financement pour ouvrir une succursale de sa start-up à Marseille.

— Tout à fait. Martin Durand, c'est un nom bien français. Rien qu'à Marseille, j'ai trouvé deux Martin Durand. Demain, vu que je suis encore en congé, je me rendrai dans cette ville pour essayer de retrouver Henri.

— Merci Paul. Nous espérons que toute la famille sera réunie d'ici la fin d'année.

Le 15 novembre 2014

À 8 h 20, Paul prend le train à la gare de Nice. Il arrive à Marseille à 11h 03. Il a amené avec lui une grande sacoche avec des patins pour se déplacer rapidement en ville. Il sort ses deux adresses.

Paul arrive à pied au 7, rue des Vignerons. Il voit la demeure du premier Martin Durand de la ville. Paul appuie plusieurs fois sur la sonnerie d'entrée.

Martin ouvre la porte et demande intrigué à Paul :
— Bonjour. Que puis-je faire pour vous, Monsieur ?
— Je cherche Henri Hea, mon frère, que je n'ai pas vu depuis un mois, et qui avait rendez-vous dans cette ville avec une personne qui a les mêmes nom et prénom que vous.
— Je vous comprends. Je suis désolé pour vous, mais ce n'était malheureusement pas avec moi.

Paul est maintenant dans la rue du Loisir où habite le second Martin Durand. Un individu sort justement de l'immeuble avec un grand sac à dos qu'il a enfilé.

Paul l'accoste :
— Excusez-moi, Monsieur, connaissez-vous Henri Hea ?

L'homme ne répond pas, mais se précipite sur son vélo. Paul met ses patins et part à sa poursuite.

Le fuyard brûle un feu rouge. Derrière, Paul l'imite. Au même moment, une moto qui était à une intersection à droite passe au feu vert, mais tourne juste devant Paul.

Ce dernier pâlit. Il vient d'éviter de se faire renverser par la moto, de même que le supposé Martin qui lâche le vélo sur le trottoir, et se met à descendre un escalier. L'homme n'a pas vu qu'il y avait une marche cassée et trébuche. Il ne tient plus sur ses jambes et percute la rampe en acier de la marche suivante avec sa tête. Il est étourdi et dévale l'escalier en faisant plusieurs roulés-boulés.

Paul se rapproche de l'homme et lui demande si tout va bien. Comme l'homme répond que oui, Paul enchaîne :

— Êtes-vous Martin Durand ? Pourquoi avez-vous fui ?
— C'est bien moi. J'ai été très surpris par votre venue.
— Je vois que vous êtes blessé. J'appelle l'ambulance. Mais avant, dites-moi donc où est mon frère Henri ?
— Il n'est plus ici. Vous voyez ce sac ? C'est le fric que le Caïd m'a donné contre la remise de votre frère. Vous avez été négligent, inspecteur. Vous ne trouverez pas le lien avec la disparition de votre frère. Allez-y, devinez, dites-moi quelque chose ! Je vous donne un indice…
— Je ne sais pas de quoi vous parlez. Je vous écoute !
— Vous n'avez pas fait le rapprochement entre votre interrogatoire des suspects, et la venue de votre frère au poste le 18 octobre. Lors de sa sortie du poste, le Caïd a entendu votre frère qui me téléphonait pour confirmer notre rencard le lendemain dans la ville de Marseille.
— Aviez-vous déjà traité avec le Caïd auparavant ?
— En août 2014, j'ai expédié des faux papiers à Nice pour faire entrer des immigrés illégalement pour son compte. Lorsqu'il a entendu mon nom, il a sauté sur l'opportunité pour m'engager afin de kidnapper votre frère. Le Caïd ne va pas tarder à vous contacter.

Paul Hea appelle l'ambulance, et Martin Durand est emmené à l'hôpital. Aussitôt après, Paul se rend au commissariat pour qu'un policier enregistre sa plainte concernant l'enlèvement de son frère. Il fait également le compte rendu détaillé de cette journée interminable.

Le sac que le Caïd avait donné en récompense à Martin, est placé sous scellés.

La police peut ainsi placer l'individu, encore à l'hôpital, sous surveillance policière, le temps que ce dernier soit en état d'être placé en garde à vue.

De retour à Nice, Pau Hea informe Delphine Pol de sa démarche pour retrouver son frère. Il lui relate ce qui s'est passé. Delphine Pol joint alors le commissariat de Marseille qui l'informe que le dossier est entre les mains du procureur.

Comme ce Martin semble impliqué avec le Caïd de Nice, le procureur de Marseille accepte que Martin Durand soit transféré vers l'hôpital de Nice, dès que son état le permettra.

<u>Nitro 11</u>

Note sur le chapitre III

Le cœur de l'intrigue débute. Paul Hea se trouve embarqué dans une affaire concernant un cambriolage de bijouterie, affaire elle-même liée à la disparition de son frère.

Le prochain chapitre va permettre à Paul Hea d'avoir plus d'indices sur le suspect, et qui sait peut-être de retrouver son frère…

****

Le saviez-vous ?

La célèbre promenade des Anglais de Nice fait 7 km de long.

Dans le centre-ville, il y a notamment le « carré d'or » qui se trouve entre la promenade des Anglais et le boulevard Victor Hugo. Cette zone, à la fois résidentielle, commerciale et touristique réunit environ cinquante enseignes et marques prestigieuses. C'est d'ailleurs là que l'on trouve l'emblématique hôtel Negresco.

Nitro 11

Chapitre IV

Une fin explosive

Le 16 novembre 2014

Nous sommes à nouveau à Nice. Une personne appelle le Caïd depuis l'avenue des Diables bleus avec une carte mobile prépayée qu'elle vient d'acheter:
— Bonjour Monsieur. J'ai 500 grammes d'héroïne à vous transmettre de la part de Miguel. Est-ce que l'on peut se voir sur le boulevard Franck Pilatte pour l'échange ?
— Pourquoi est-ce que vous m'appelez à sa place ?
— Sarah, sa fille de douze ans est souffrante. Il devait vous contacter, mais il est parti aussitôt.

Le Caïd hésite un long moment, puis répond:
— Soit ! Je vous rejoins au lieu indiqué.

Le correspondant, qui n'est autre que le cambrioleur de Nice, en profite pour voler une Ferrari, puis bifurquer sur le boulevard Saint-Roch. La demeure du Caïd est fermée à clef. L'individu a anticipé cette possibilité et il a pris avec lui un pied de biche pour forcer l'ouverture.

Il déplace un tapis et remarque une trappe qu'il ouvre. Il y a un escalier qu'il descend.

Le malfrat entre dans une pièce obscure et allume la lumière. Il s'aperçoit que son instinct était bon : il y a bien une personne, avec un bandeau sur les yeux, qui est attachée sur une chaise !

D'un coup sec, le cambrioleur l'assomme avec la crosse de son pistolet, puis il coupe les liens avec des ciseaux.

Il se presse de porter la victime dans la luxeuse Ferrari, et l'installe à côté de lui. Le Caïd n'est pas encore revenu.

L'individu démarre le véhicule et décide d'aller rue du Maréchal Vauban.

Le passager kidnappé reprend conscience et annonce :
— Je ne sais pas qui vous êtes, mais moi je suis Henri Hea, le frère de l'inspecteur Paul Hea. Vous avez intérêt à me relâcher avant qu'il ne se mette à votre recherche.
— C'est la meilleure, celle-là ! J'ai tiré le gros lot ! J'ai déjà la police à mes trousses. Mais puisque vous êtes le frère d'un flic, je vais vous utiliser pour faire chanter la police.

Il appelle le commissariat en tenant fermement la tête d'Henri Hea contre lui.

Un policier décroche.

— Police nationale, bonjour. Quel est le motif de votre appel ?

— Passez-moi l'inspecteur Paul Hea. J'ai une bonne surprise pour lui ! Je ne veux parler à personne d'autre !
— Je vous demande juste un court instant, Monsieur, le temps de le trouver.

Le policier avertit la commissaire de cet appel étrange, puis il transfère l'appel à Paul Hea. La commissaire rejoint ce dernier qui met le haut-parleur du téléphone :
— Qu'avez-vous de si important à me dire, Monsieur ? Je n'ai vraiment pas le temps de jouer aux devinettes !
— Écoutez ceci, inspecteur.

Le kidnappeur prend alors la tête d'Henri et la frappe aussitôt contre la portière de la voiture volée. Celui-ci gémit :
— C'était quoi, ce bruit ? demande Paul, très inquiet.
— C'était votre frère, Henri. Je crois que vous êtes à sa recherche.
— Je n'ai pas entendu sa voix. Je n'ai pas la preuve que c'est bien mon frère. C'est vous qui le prétendez.
— Je vous le passe, répond le malfrat en sortant vite son arme et en la pressant contre la tempe d'Henri.
— Bonjour Paul, c'est bien moi, Henri. Ne l'écoute pas, ne fais surtout pas ce qu'il te demande pour moi.
— Ça suffit, maintenant ! coupe l'individu, rejoignez-moi dans dix minutes au centre sportif Vauban avec une sacoche contenant 700 000 euros en petites coupures ! Vous pourrez récupérer votre frère.

— Monsieur, vous êtes fou ! Comment voulez-vous que je réunisse une telle somme en aussi peu de temps ! Demain, ce serait plus jouable pour réunir les fonds.

— Non, je recule juste la remise pour ce soir à 18 h pétantes ! Maintenant, il est 13 h. Vous n'avez plus que 5 h chrono, sinon je bute votre frère, c'est clair, Paul Hea ? Tic-tac! Magnez-vous si vous souhaitez le revoir.
— Ne prenez pas ce ton avec moi ! C'est noté pour ce soir à 18 h.

Dès que le ravisseur a raccroché, Delphine Pol se précipite à son tour sur son téléphone, et elle joint le préfet qui décide de faire apporter le montant au commissariat par un motard. Celui-ci arrive à 17 h 30 au poste.

Paul et Sandrine arrivent avec la Peugeot au centre sportif Vauban à 17 h 55. La commissaire est elle aussi sur les lieux, ainsi que d'autres CRS.

Paul sort de la voiture avec la sacoche.

Le centre sportif s'éclaire. Sur le panneau d'affichage du stade, le traditionnel score de rencontre est remplacé par le message suivant : « Déposez l'argent sur le rond central puis retournez à votre voiture ».

Paul tourne rapidement la tête pour tenter de visualiser s'il y a quelqu'un. C'est peine perdue ! Il est bien seul sur la pelouse !

Il pose la sacoche au milieu. Il recule un peu, mais reste sur place, malgré l'ordre du panneau.

Il entend un coup de feu venant du parking où il s'est garé. Il essaie de voir si une voiture se détache des autres. Il aperçoit une Ferrari suspecte, à l'arrêt, avec les deux phares qui viennent de s'allumer, mais il ne voit pas que quelqu'un en descend.

C'est là qu'une chose impensable pour Paul se produit !

Pendant qu'il cherchait d'où provenait le coup de feu, c'est un chien qui a pris la sacoche et qui court vers les vestiaires !

Paul frappe de rage sur la pelouse, tandis que le chien s'éloigne en vitesse ! Son frère n'a pas été libéré ! Paul poursuit l'animal, et le voit entrer dans les vestiaires.

Il fait noir mais le chien se rue directement vers un casier. Avec sa lampe de poche, le cambrioleur prend le butin.
Paul ne voit pas la scène et lorsqu'il allume la lumière, il n'y a plus la sacoche dans la pièce. Le policier aperçoit juste le chien qui s'échappe par une fenêtre, tandis que le voyou va vers la porte de secours. Paul décide de poursuivre le cambrioleur et accélère.

L'individu ouvre la porte et se dirige vers la Ferrari. Dehors, Paul distingue le chien qui court vers un bois poursuivi par des policiers, lancés à ses trousses. Le fugitif entre dans le bolide et file tout de suite à gauche.
Paul saute dans sa Peugeot pour suivre la voiture, espérant vraiment qu'Henri soit à l'intérieur de l'auto. Il démarre sur les chapeaux de roue et se rapproche du fuyard.

Nitro 11

Sandrine Nio appelle la commissaire pour avoir des informations. Delphine Pol lui dit que le chien a semé tous ses poursuivants, précisant aussi que d'autres policiers arrivent en renfort.

La Ferrari descend maintenant la route de Turin, puis se dirige à droite sur le boulevard Pierre Sola. Un peu plus loin, il y a un passage à niveau. À cet instant même, le feu de signalisation se met à clignoter en rouge car un train arrive.

Le conducteur de la Ferrari accélère, et Paul fait de même derrière lui pour passer avant que la barrière ne soit complètement baissée.

La première auto passe juste avant la locomotive du train, à un mètre de marge seulement. En même temps, Paul appuie au maximum sur le champignon et passe juste à quelques centimètres de la locomotive ! Les autres véhicules de poursuite sont semés.

Le fuyard passe par le boulevard de Riquier puis par le boulevard du Général Louis-Delphino.

Il arrive ensuite au niveau d'un centre commercial. Il doit freiner pour grimper les différents niveaux d'un parking en fin de construction. Le fugitif est maintenant tout en haut et semble être dans une impasse, mais c'est très mal connaître le pilote ! Il fonce sur le rebord pas encore sécurisé pour s'en servir de tremplin, et se retrouve sur le dernier étage d'un autre parking qui est tout à côté, quoique très légèrement en contrebas.

Paul Hea l'imite à son tour sans se poser de questions. Ça passe ou ça casse ! Ça passe !

Le kidnappeur prend une décision surprenante. Il crie à son passager :
— Toi tu vires de cette voiture !

On voit la Ferrari ralentir très légèrement. La portière du passager s'ouvre. Henri Hea roule sur le sol, poussé par son ravisseur.

Paul freine. Sandrine sort aussitôt de la Peugeot et court à grandes enjambées vers Henri, le frère de Paul :
— Vous allez bien, Henri ? Vous n'avez rien de cassé ?
— Oui, ça peut aller. Par contre, il est prêt à tout, ce vaurien ! Il m'a drogué pour m'endormir.

Sandrine le libère de ses liens, et enlève le bandeau de ses yeux.

Pendant ce temps, le fuyard arrête soudain sa voiture, en plein milieu du virage du second étage du parking, et il en descend. Paul, qui le suivait, est contraint de faire pareil !

Il s'exclame ;
— Rendez-vous !

Ignorant l'ordre de Paul Hea, il continue sa descente à pied et se trouve au premier étage. Là, il se baisse sur le côté d'une Ford.

L'inspecteur voit la silhouette derrière le véhicule. Il se dirige vers la Ford, mais le bandit repart.

Le malfrat est maintenant au rez-de-chaussée du parking et remarque quelqu'un occupé à charger des marchandises à l'arrière d'un fourgon. Il sort alors son pistolet, et ordonne d'un ton autoritaire au chauffeur :
— Je vais me mettre à côté de vous. Démarrez immédiatement !

Le conducteur s'exécute. Paul ne peut plus les suivre.

Il rejoint Sandrine et Henri. Il interroge tout de suite son frangin, qui a les mains qui tremblent légèrement :
— Je sais que tu viens de vivre une période difficile, mais nous devons à tout prix coffrer cet individu. As-tu une petite idée concernant l'identité de l'individu ?
— Non ! Mais en fait, j'ai été kidnappé deux fois. Je n'ai rien vu puisque j'avais un bandeau sur les yeux. Tout ce que je sais, c'est que la première fois, j'ai entendu qu'on parlait du Caïd. La seconde fois, c'était maintenant. Chaque fois, c'était une voix d'homme.
— C'est déjà un point de départ, ça veut dire que la suspecte Charlotte Rio, que l'on a relâchée, est bien innocente. Viens, Henri ! Nous allons enregistrer ta déposition importante dans notre commissariat. Mais auparavant, j'avertis la brigade, et tu vas voir un médecin, suite aux chocs que tu viens de subir.

Nous sommes à présent dans le fourgon emprunté par le braqueur. Ce dernier demande au conducteur d'allumer la radio. Le pilote met le son à fond, et il en profite pour prendre son téléphone. Il appuie sur le numéro du commissariat qu'il a enregistré par précaution. Cette manœuvre se fait à peine en quelques

secondes, à l'insu du malfaiteur qui n'a rien remarqué. C'est la commissaire Delphine Pol, de retour au poste qui décroche l'appareil. Elle entend une voix d'homme:
— Monsieur, je sais que n'allez pas hésiter à vous débarrasser de moi dès que vous en aurez la possibilité. J'ai suivi les informations, la police vous recherche ! C'est sans doute vous qui avez braqué la bijouterie ?
— Toi, tu la boucles, ou je te flingue ! Fonce au lieu de causer !

La commissaire est toute blême. Elle sait qui est en ligne, et convoque immédiatement un agent dans son bureau :
— Localisez cet appel au plus vite !

L'agent fait tout son possible pendant que le gangster s'énerve :
— Tu vas accélérer ou quoi ? Fais gaffe ! C'est bien moi qui ai braqué la bijouterie ! Et alors ? Tu veux un autographe, peut-être? Et puis quoi encore ? Dépose-moi à la prochaine intersection !

Le conducteur obéit et l'individu sort du fourgon en courant.

Pendant ce temps, la commissaire s'impatiente. Elle questionne le policier qui devait localiser l'appel :
— Alors, avez-vous eu le temps de trouver l'endroit d'où provient l'appel que j'ai reçu sur mon téléphone ?
— Non, je suis navré. La communication a été trop courte.

Juste à ce moment, le conducteur du fourgon, dont le téléphone est toujours en ligne, informe la police de ce qui vient de se passer.

La commissaire s'exclame :
— Enfin ! Maintenant j'ai quand même une piste pour faire avancer l'enquête.

Ensuite, elle rejoint le duo Paul Hea et Sandrine Nio :
— Tout cela commence à trop traîner ! Notre cible a toujours un coup d'avance sur nous, mais Martin Durand, qui est encore à l'hôpital, pourra peut-être nous renseigner.   .
— Oui, tout à fait, on peut tenter cette piste, dit Paul. Je suis convaincu que l'homme à la cagoule n'est pas le Caïd. Il fait faire le sale boulot par d'autres. Mais tous les actes commis par le suspect ont l'air d'être faits pour échapper à tout prix à la police. Pour aller aussi loin, il est peut-être sous la pression du Caïd. Et comme Martin Durand a bossé pour le compte du Caïd, il a éventuellement fait un coup avec notre cambrioleur.

Paul et Sandrine vont à l'hôpital et se dirigent dans la chambre de Martin Durand. Paul s'adresse à Martin :
— Je vois que vous êtes en état de répondre. Vous savez que le Caïd va rapidement savoir pour votre aveu. Si vous collaborez, nous allons prévoir une garde rapprochée pour vous mettre en sécurité. Mais d'abord, il faudra que la commissaire nous donne son accord.
— Je vous ai déjà dit tout ce que je savais. Qu'attendez-vous de moi encore, inspecteur Paul Hea ?
— Écoutez, Martin. Nous avons besoin d'avancer.

Connaissez une personne qui doit beaucoup d'argent au Caïd ?

— Bon ! J'en ai marre de prendre pour tout le monde ! J'ai braqué une banque avec Franck Xio. On a fait de la taule pour ça. J'ai appris que le Caïd. était après lui, car Franck lui devait du fric. Vous devriez l'interroger.

Paul Hea se tourne avec satisfaction vers sa collègue :
— Les choses se décantent, Sandrine. Nous avons maintenant un nom.

Puis, il s'adresse une fois à nouveau à Martin Durand :
— Merci à vous, Martin. Nous allons prendre en compte votre précieux témoignage.

Paul et Sandrine sont au poste. Ils font leur rapport à Delphine Pol, qui demande d'avoir accès au casier de Franck Xio. Elle accepte aussi de protéger Martin.

Le 17 novembre 2014

La commissaire étudie avec minutie le dossier en épluchant les condamnations de Franck Xio. Après trente minute de travail, elle décide de convoquer les deux CRS, Paul Hea et Sandrine Nio, dans son bureau :
— Le vol de la banque est confirmé. Franck Xio a été déclaré coupable en 2010, et a purgé deux ans de prison. Il est sorti en 2012, mais n'a pas de domicile renseigné. Il doit bien être logé à un endroit, mais il est

possible que le bail ne soit pas à son nom. Quelqu'un de proche peut tenter de le couvrir en payant son loyer. Tenez, j'ai la photo de Franck Xio, prenez-la pour le reconnaître. Regardez-là bien attentivement. Vous allez remarquer un détail très intéressant pour l'enquête !
— Ça, alors ! s'exclament en chœur Paul et Sandrine en la regardant.

Le 18 novembre 2014

À 19 h, Sandrine reçoit un appel de détresse au poste :
— Un homme vient de me voler ma montre, une belle Rollex. Je suis au 10, rue Hol. Il est encore là, venez vite avant qu'il ne s'en prenne à d'autres individus !
— Nous arrivons, Madame, répond Sandrine.

Elle avertit Paul et ils partent rapidement sur les lieux.

À 19 h 05, ils sont sur place. Le duo aperçoit le cambrioleur qui est plus loin, au bas de la rue .

Ils se mettent à courir Le bandit bouscule une personne qui tient une clef à la main.

Il sort son canif qu'il pointe sur la poitrine de celle-ci :
— C'est la clef de votre logement ? Donnez-moi cette clef sans discuter ! Vous habitez où ?
— Tenez ! Je suis au 5, rue des Vignes, première rue à gauche.

Le voyou utilise la clef pour entrer dans la maison. Il ressort par une porte arrière donnant sur une cour. Voyant une échelle, il la prend et la positionne contre le mur du pavillon. L'individu y grimpe, suivi bientôt par nos deux policiers.

Le cambrioleur se trouve à présent sur le toit de la maison. Il poursuit sa course en allant au bout de la toiture, et saute sur le garage de la maison voisine qui est en travaux. Le duo l'imite.

À présent, le fuyard remarque un tuyau d'évacuation de déchets, particulièrement volumineux. Instinctivement, il décide de se laisser glisser à l'intérieur. Paul et Sandrine font de même.

Les trois protagonistes atterrissent tous en bas, dans le bac de ramassage des déchets.

Le voyou se relève malgré l'impact, et saute en bas du bac. Paul et Sandrine s'en extirpent également.

Paul crie au malfrat :
— Police ! Il est temps de vous rendre.

Le gangster rit, et poursuit sa course. Il est maintenant au port de Nice et aperçoit un jet-ski amarré dont le moteur tourne encore.

Le fuyard prend et démarre ce jet-ski, tandis que les deux CRS en réquisitionnent un autre.

L'homme fonce sur la mer qui commence à s'agiter. Derrière lui, Sandrine conduit, et Paul tire des coups de feu en l'air pour l'intimider.

Le malfaiteur n'en a cure. Il pilote son engin avec une remarquable dextérité, et n'est nullement disposé à se rendre.

Il dépasse un bateau de croisière et aperçoit une très grande vague devant lui, car la mer est de plus en plus agitée. Il a conscience qu'il ne pourra pas affronter la vague, et décide de tourner son jet-ski en contresens.

Le voyou est maintenant face à la police ! Une distance de 300 mètres les sépare, mais le bateau de croisière va bientôt se trouver entre eux.

Les représentants de l'ordre et le bandit savent qu'il n'y a pas d'échappatoire ! L'un des deux véhicules va, soit devoir renoncer à continuer le duel, soit être contraint de percuter le bateau de croisière s'il ne s'arrête pas.

Trente secondes se passent – une éternité ! – sans que rien ne se produise. Les deux jet-skis sont totalement immobiles. Qui va prendre l'initiative ?

Sandrine se remet à avancer de nouveau. Le braqueur décide à son tour d'actionner son moteur à fond.

Paul tire une quatrième fois, sans viser le malfrat. Il s'agit de le contraindre à s'arrêter, non de le blesser ou de le tuer !

Nitro 11

Sandrine reste les yeux grands ouverts, déterminée à rester sur la trajectoire à tout prix. La CRS est à la hauteur du bateau. Le fuyard n'a plus aucun espace pour passer. Il va devoir prendre une décision…

Restant fidèle à lui-même, il décide d'éviter le jet-ski de la police niçoise, et percute violemment le bateau. Malgré le choc, il est encore conscient et parvient à se relever.

Alerté par le bruit de l'impact, un employé du bateau arrive. Il a entendu le bruit du choc, mais n'a rien vu :
— Êtes-vous blessé ? Mais que s'est-il donc passé ?
— Je vais bien. Est-ce que vous pouvez me lancer une corde pour que je puisse monter à bord et appeler un médecin ?

Paul s'approche du bateau et crie :
— Police ! Ne l'écoutez pas ! Il vous fera forcément une entourloupe. C'est à nous de le prendre en charge.
Le criminel pointe son pistolet vers l'employé :
— Je suis contraint d'utiliser la manière forte. Lancez-moi une corde, sinon c'est fini pour vous !

Celui-ci obtempère, car il n'a pas le choix.
Paul et Sandrine grimpent à leur tour sur le bateau, mais ils ont perdu de vue le fuyard.

Paul se dirige vers la cabine des passagers, tandis que Sandrine continue tout droit pour aller vers l'avant du bateau.

Paul ouvre la première porte. Personne, à première vue, mais il remarque une trappe au-dessus de lui. C'est peine perdue, il n'y a qu'un balai de ménage là-dedans. Ensuite, le policier de l'unité Nitro 11 jette un rapide coup d'œil à l'armoire. Toujours autant de poisse pour le CRS qui ne trouve que des vêtements.

Il hésite à changer de cabine, mais il décide de vérifier en-dessous du lit.

Et, pile à l'instant où il se baisse, son adversaire le tacle comme au football, avec son pied droit.

Paul sent une forte douleur, mais il parvient à se relever.

Le malfaiteur s'approche et commence à donner des coups avec ses poings. Il cogne le ventre de Paul Hea avec la main droite.

Celui-ci réagit en levant le pied gauche pour viser le voyou qui bloque l'attaque en croisant les deux bras.

Paul décide de faire un tour sur lui-même, et pendant qu'il tourne, notre CRS sort son arme. Lorsqu'il se trouve face à l'homme, il a l'ascendant, puisqu'il pointe alors son pistolet vers le malfrat qui est enfin maîtrisé !

Paul reconnaît Franck Xio, avec sa fameuse chevelure rousse, telle qu'il l'avait vue sur la photo du suspect. Mais oui, plus de doute. Il pense que la quête est finie.

— Franck Xio, je vous arrête. Vous avez le droit de garder le silence. Vous pouvez demander un avocat, mais tout ce que vous direz pourra être retenu contre vous.

Sandrine Nio, qui les a rejoints, passe les menottes au suspect. Ils récupèrent la Rolex et se rendent au poste.

Arrivés au commissariat, Delphine Pol les attend déjà dans la salle d'interrogatoire. Elle s'adresse à Franck :
— Monsieur Xio, nous avons retrouvé sur vous une montre Rolex volée aujourd'hui. Mais ce n'est pas le plus grave. Vous êtes accusé d'avoir enlevé Monsieur Henri Hea, le frère du policier ici présent. De plus, vous avez été enregistré, à votre insu, quand vous avez avoué avoir cambriolé la bijouterie « De sable et d'or».
— Ah ! Ah ! Vous croyez que vous allez m'avoir si facilement ? Je n'ai pas encore dit mon dernier mot, commissaire… C'est bien moi qui ait volé les bijoux, je le reconnais.
— C'est un début, mais si vous voulez que j'intervienne pour vous, dîtes-moi ce que vous en avez fait ?
— Je les ai amenés au Caïd qui m'a dit que ce n'était pas assez et il a même augmenté ma dette.

Sandrine Nio poursuit l'interrogatoire de Franck Xio :
— Je vois que vous êtes de bonne foi, mais je connais la commissaire. Elle en attend plus de vous. Décrivez-nous la manière dont vous vous êtes retrouvé avec le frère de mon collègue Paul Hea comme otage?
— Le 6 octobre, j' avais entendu un bruit étrange. J'ai donc décidé de m' introduire chez lui le 16 novembre. C'est là que j'ai trouvé Henri Hea que j'ai enlevé à mon tour.

— Quel était votre vrai but lors de la demande de rançon ?

— Je voulais rembourser le Caïd pour qu'il efface une dette que j'avais envers lui. Alors, je vous ai demandé une rançon.

— Après avoir reçu la rançon, qu'en avez-vous fait ?

— Finalement, je n'ai pas pu la récupérer puisqu'elle est restée dans une cachette. Eh oui ! vous allez devoir collaborer avec moi, si vous souhaitez coincer le Caïd !

Paul Hea intervient :

— Je suis CRS. Vous êtes un très dangereux criminel. Je n'ai aucune confiance en vous.

— Vous devriez changer d'avis. Là, votre frère était jeune donc il a pu s'en sortir, mais si le Caïd s'en prend à votre mère, Béatrice, vous serez fautif car vous aurez laissé les choses sans rien faire... De plus, vous ne serez plus capable de vous regarder tranquillement dans un miroir.

— Monsieur Xio, comment des personnes comme vous ont-elles autant d'informations sur ma famille ?

— Vous savez que nous sommes deux clans opposés qui s'affrontent : il y a d'un côté les gentils et de l'autre les méchants, si je peux parler ainsi ! Et nous, les méchants, nous cherchons toujours votre talon d'Achille. Par ailleurs, nous élaborons des stratégies de défense lorsque nous sommes traqués par les flics. De plus, le Caïd a d'énormes moyens financiers, et il arrive à corrompre des collègues à vous.

— D'accord, on est tous des êtres humains, et j'admets que certains collègues peuvent craquer dans de telles situations. Ce n'est pas simple de rester blanc comme neige. Mais qui me dit que vous n'allez pas préparer un coup en douce ?

— Personne ! Mais reconnaissez que vous êtes dans une impasse. Le Caïd ne vous laissera pas l'approcher.

Delphine Pol termine l'interrogatoire :

— Ça suffit, Monsieur Xio ! Vous reconnaissez donc les faits. Ce sont deux grosses accusations. J'enregistre la déposition et je vous place en garde à vue.

Franck Xio est emmené en cellule. Après réflexion, il appelle un avocat, puis demande à voir la commissaire en tête-à-tête.

Le lendemain, Delphine convoque Paul et Sandrine :

— Franck Xio, accompagné de son avocat, m'a proposé une collaboration. Vous savez que d'ordinaire nous ne négocions pas avec ce type d'individu, mais l'offre de Franck Xio est intéressante pour nous.

Paul réagit :

— Qu'est-ce qui vous pousse à lui faire confiance ?

— Il a encore la dette de 500 000 euros envers le Caïd. Sa proposition, c'est qu'on le laisse récupérer l'argent de la rançon, puis qu'on l'équipe d'un micro pour suivre la transaction avec le Caïd à distance. Il m'a même donné l'adresse où se trouve son chien si ça se passe mal.

Sandrine proteste :
— Ça semble trop beau pour être vrai.
— Il a négocié pour que je témoigne en sa faveur afin que sa peine soit allégée, précise la commissaire.
— C'est vous qui décidez, et d'après vos propos, nous allons accepter. C'est bien le cas ?
— Oui, je vais accepter son offre, Sandrine. J'ai l'aval du procureur. Nous allons agir demain.

Le 20 septembre 2014

Franck Xio emmène la police niçoise au centre sportif Vauban. Paul est étonné :
— Qu'est-ce qu'ont fait ici ?
— Suivez-moi et vous allez comprendre.

Franck se dirige vers les vestiaires et ouvre le casier 38 :
— Et voici la sacoche ! J'étais déjà ici même, le placard ouvert, quand le chien est arrivé. Cela ne m'a pris que quelques secondes pour le fermer à clé. J'avais à peine terminé lorsque vous avez allumé la lumière de la salle.
— Pourquoi votre chien n'est-il pas allé avec vous ?
— J'ai ordonné au chien de rentrer à la maison pour envoyer la police vers une fausse piste.

La commissaire ajoute :

— Tout le monde avait cru que le chien s'était enfui avec l'argent ! Mais deux policiers étaient restés en garde, par précaution, devant le local, vous empêchant ainsi de récupérer le butin. Personne n'avait fouillé les casiers.

— Ah ! Ah ! Vous n'avez même pas été capables de voir ce qui était caché juste devant vos yeux.

— Maintenant, tenez votre promesse Monsieur Xio ! Joignez le Caïd !

Franck Xio, remis à sa place, appelle le Caïd aussitôt :

— Allo ! J'ai la totalité de l'argent que je vous dois. Regardez la photo des liasses de billets que je viens de transmettre sur votre mobile.

Le Caïd rappelle 15 minutes après :

— Rendez-vous dans une heure chez moi !

L'unité Nitro 11 équipe Franck avec le micro, puis le dépose à 500 mètres de la demeure du Caïd.

Franck sonne. Le Caïd ouvre:

— Entre ! Ça fait huit mois que j'attends mon argent !

— Le voici ! indique Xio en ouvrant la sacoche.

— Alors, le compte est bon, mais comment as-tu fait pour avoir autant d'argent d'un coup ?

— J'ai braqué le siège d'une entreprise du CAC 40 !

— Ah oui ? Toi, un pauvre escroc ?

Nitro 11

Le Caïd sort une arme de sa poche en faisant signe à Franck de se taire.

Il fouille d'une main Franck, tandis qu'il tient son arme de l'autre. Au bout d'une minute, le Caïd découvre le micro qu'il plonge tout de suite dans un verre d'eau.
Nitro 11 entend des interférences, et pénètre alors dans le domicile. C'est vide. Il n'y a plus personne !

Pendant ce temps, le Caïd s'est enfui, entraînant Frank Xio avec lui dans un chantier de construction.
Il ordonne à un ouvrier :
— Vous allez me creuser un trou avec votre mini-pelle pour enterrer ce traître !

Au même moment, l'unité Nitro 11 arrive au domicile de Franck pour y chercher le chien. Paul le reconnaît. C'est bien le chien qui avait récupéré la sacoche ! Paul voit une chemise qui traîne sur une chaise et la présente au chien :
— Renifle cette odeur, et emmène-nous à ton maître !

Le chien est tout content de sentir l'odeur de son maître dont il trouve la piste sans hésiter. Il court avec l'unité Nitro 11 vers les lieux. Ils arrivent cinq minutes après.

Sur place, il ne reste que deux ouvriers à côté d'une mini-pelle. Paul Hea voit que la terre a été travaillée très récemment à cet endroit précis. Et si le chien avait bien flairé ? Le maître peut-il être en dessous ?

Paul ordonne à un ouvrier d'actionner la mini-pelle. Il voit une main qui dépasse et fait aussitôt stopper l'engin. Il finit de creuser à la main avec Sandrine.

L'homme apparaît. Il est sonné, mais c'est bien Franck Xio.

Sandrine demande :

— Police ! Comment allez-vous, Monsieur Xio ?

— Quelle question ! Vous vous doutez bien de la réponse ! J'étais enterré vivant ! Mais je suis toujours bien en vie. J'ai tenu ma parole. Je ne peux rien faire de plus pour vous !

— Soyez franc avec nous ! Si vous étiez le Caïd, que feriez-vous ?

— Ça peut paraître évident, mais je quitterais cette ville pour ne plus vous avoir dans mes baskets !

— De quelle manière ?

— Pas par la route ou la mer, vu que vous maîtrisez tout ça. Mais par les airs, ça peut être une idée.

Paul appelle la commissaire pour lui faire le résumé de l'entretien. Elle demande à parler à Franck Xio :

— Très bien ! Sachez que vos derrières actions joueront en votre faveur. Vous êtes quand même placé en garde à vue.

Un collègue emmène Franck Xio au poste.

Nitro 11

Paul rappelle la commissaire :

— Unité Nitro 11 ! Nous avons besoin de savoir où se trouve la piste de décollage la plus proche.

— Elle est à trente minutes de vous. Appuyez sur le champignon ! Je demande son évacuation tout de suite.

Moins de trente minutes après, Paul et Sandrine sont déjà présents sur la piste.

Un hélicoptère va décoller à l'instant ! Ils n'ont pas eu le temps de voir le visage du pilote, mais celui-ci leur tire dessus à plusieurs reprises avant de s'envoler.

Les deux CRS prennent un autre hélicoptère. Par chance, Sandrine sait piloter.

Elle appelle la tour de contrôle :

— Police ! Nous sommes en mission et nous venons de prendre l'hélicoptère immatriculé AFC–CD11. Est-ce que vous pouvez nous dire si le décollage juste avant nous était autorisé ?

— Non, mais nous avons les images de contrôle de l'appareil. Nous les transmettons à vos collègues.

— Merci, c'est sans doute le Caïd de Nice, affirme Paul. Nous demandons l'autorisation pour décoller.

— Vous l'avez !

Paul contacte ensuite Delphine Pol :

— Le fada nous a tiré dessus.

— Vous pouvez riposter !

Paul ouvre la porte de sécurité. Le vent est fort et cela secoue le CRS qui s'agrippe à la poignée avec la main gauche. Avec son autre main, il sort son arme et vise une vitre de l'hélicoptère.

C'est touché et le bras droit du Caïd est en sang! Il ne manipule l'hélicoptère qu'avec le bras gauche.

Sandrine Nio se rapproche rapidement de l'hélicoptère pour le contraindre à atterrir. La manœuvre n'est pas sans risque, mais elle réussit !

Paul contacte la tour:
— L'appareil que nous poursuivions descend à une vitesse vertigineuse ! Appelez vite une ambulance.

L'hélico du Caïd atterrit en catastrophe ! Celui de Paul et Sandrine se pose plus en douceur. L'ambulance arrive cinq minutes après.
Le Caïd, blessé, est conduit aux urgences escorté par le duo.

Quelques jours après, le Caïd a repris conscience à l'hôpital. Il sait qu'il a tout perdu et demande un entretien avec Paul Hea et Sandrine Nio qui arrivent avec la commissaire :
— Qu'est-ce qui vous a poussé à vous salir les mains ? demande Paul.
— Vous étiez en train de mettre en péril ma notoriété de Caïd. Aux yeux de mes gars, je ne pouvais pas me permettre de continuer à perdre des hommes. Ils se

faisaient tous arrêter par vous. Et en plus y avait un début de complot pour prendre ma place.

— D'accord. Et pourquoi avoir gardé mon frère Henri pendant un mois, sans donner le moindre signe de vie ?

— Effectivement, vous n'aviez pas de nouvelles, mais mes gars savaient que je détenais le frère d'un flic, et ça me permettait d'avoir plus de crédit auprès d'eux.

— Et quand c'est Franck Xio qui l'a enlevé à son tour, vous n'avez pas cherché à savoir qui vous avez devancé ? Pour quelle raison ?

— J'ai beaucoup d'affaires à traiter, mais comme j'avais attiré des policiers corrompus dans mes rangs, je pensais que l'un d'entre eux trouverait une piste. J'ai donc attendu avant de faire des recherches moi-même.

Le 20 novembre 2015

Les verdicts sont rendus. Franck Xio est condamné à dix ans de prison ferme et le Caïd a pris, quant à lui, quinze ans de prison ferme. Paul Hea, accompagné de son frère Henri, sont tous deux satisfaits de ce verdict. Franck Xio décide de ne pas faire appel de ce jugement, contrairement au Caïd.

Le 20 novembre 2017

Le tribunal confirme la sentence du 20 novembre 2015. Le Caïd est contraint d'effectuer sa peine.

Le 10 avril 2018

Thierry Jul invite Paul Hea et Sandrine Nio à Paris. Le chef d'état-major vient de fêter ses 25 ans de service :
— Depuis vos interventions dans la capitale, j'ai suivi vos rapports d'enquêtes. Quel chemin parcouru depuis votre mobilisation à Paris pour la manifestation du 12 septembre 2014 ! À l'époque, je savais que vous étiez des inspecteurs prometteurs mais avec vos arrestations, vous êtes devenus des inspecteurs chevronnés ! Je considère que votre unité Nitro 11 est la plus efficace de Nice !

Paul lui répond :
— C'est un plaisir de servir les citoyens. Nous espérons suivre votre exemple en travaillant encore pendant de nombreuses années au sein de la police. D'ailleurs, nous tenons à vous féliciter pour toutes vos années de service déjà effectuées.
— Je vous renouvelle à tous deux ma proposition d'être mutés à Paris à mes côtés.
— Nous vous en remercions, Monsieur, mais nous avons toujours des missions intéressantes à Nice. Nous sommes très fiers de faire partie de l'unité Nitro 11 !
— Nous continuerons notre travail là-bas ! confirme Sandrine.

<u>*Nitro 11*</u>

C'est ainsi que Paul Hea et Sandrine Nio retournent ensemble vers Nice, rejoindre leur célèbre unité, Nitro 11.

Paul continue de regarder avec assiduité les épisodes d'Alerte Cobra.

Sandrine, qui a découvert cette série grâce à Paul, en est devenue fan à son tour.

FIN

<u>Nitro 11</u>

Note sur le chapitre IV

Une aventure rythmée avec le frère de Paul Hea qui est retrouvé, et avec les arrestations de Franck Xio et du Caïd.

L'action est au cœur du chapitre avec à la fois des scènes sur terre, sur la mer et dans les airs.

****

Le saviez-vous ?

L'autoroute A8, aussi appelée « La Provençale » relie Aix-en-Provence à Menton en passant par Nice. Elle fait 223 km et va jusqu'à la frontière italienne.

Dans le port « Lympia » de Nice, chaque pêcheur dénomme son vieux bateau de pêche « le pointu » .

L'aéroport international de Nice-Côte d'Azur est l'un des principaux aéroports européens pour l'aviation d'affaires.

Appendice

« Alerte Cobra » est une série policière allemande qui existe depuis 1996. La célèbre série est réputée pour les spectaculaires scènes d'action, les cascades et les courses-poursuites. Le titre allemand de la fiction est « Alarm für cobra 11- Die Autobahnpolizei ».

En Allemagne, c'est la chaîne RTL et la plateforme de streaming RTL+ qui diffusent la série. En septembre 2022, ce sont 378 épisodes de la série qui ont été diffusés

« Alerte Cobra » a été produit par deux sociétés : Polyphon a produit les saisons 1 à 4, puis Action Concept a pris le relais depuis la saison 5.

La série s'est exportée à l'international dans 140 pays et voici des exemples de titres du programme à l'étranger :

Pays	Nom de la série
Espagne	Alerta Cobra
Italie	Squadra Speciale Cobra 11
Pologne	Kobra – oddzial specjalny
Hongrie	Cobra 11
Turquie	Kobra takibi

En France, « Alerte Cobra » a été diffusée sur plusieurs chaînes et, actuellement, c'est RTL9 qui diffuse la série. RTL9 est une chaîne du cable et du satellite.

L'acteur principal, Erdogan Atalay interprète le rôle de Sami Gerçan depuis l'épisode 3 de la première saison. Il a eu neuf coéquipiers qui sont listés ci-dessous :

Nom acteur	Nom personnage	Saisons
Johannes Bandrup	Franck Nolte	1
Mark Keller	André Fux	2 à 6
René Steinke	Tom Kranich	7 à 13 + 17 à 20
Christian Oliver	Jan Richter	14 à 16
Gedeon Burkhard	Chris Ritter	21 à 23
Tom Beck	Ben Jager	24 à 34
Vincenz Kiefer	Alex Brandt	35 à 38
Daniel Roesner	Paul Renner	39 à 46
Pia Stutzenstein	Vicky Reisinger	Depuis 47

Dans un sondage du 22 août 2022 du groupe Facebook « Alerte Cobra 100% d'action : la communauté », les fans ont désigné Ben Jager avec 25%, Tom Kranich avec 21% et Paul Renner avec 20%, comme étant leurs trois coéquipiers préférés de Sami Gerçan.

Nitro 11

Sommaire

Si vous avez aimé le livre Nitro 11, merci de laisser un commentaire et une note sur votre site d'achat ou sur les réseaux sociaux.